宋词 少年版

东方童 著

中国传统文化
彩图注音版

广东人民出版社
·广州·

目录

写景卷

采桑子	欧阳修	002
鹧鸪天	苏　轼	004
画堂春	秦　观	006
诉衷情	周邦彦	008
如梦令	李清照	010
清平乐	晏　殊	012
采桑子	欧阳修	014
如梦令	秦　观	016
盐角儿·亳社观梅	晁补之	018
如梦令	范成大	020

好事近·西湖	辛弃疾	022
鹧鸪天·正月十一日观灯	姜夔	024
青玉案·元夕	辛弃疾	026
采桑子	欧阳修	028
浣溪沙	秦观	030
浣溪沙	欧阳修	032

感悟卷

卜算子·黄州定慧院寓居作	苏轼	036
江城子·乙卯正月二十日夜记梦	苏轼	038
苏幕遮	周邦彦	040
点绛唇	汪藻	042
长相思·山驿	万俟咏	044
诉衷情·送春	万俟咏	046
丑奴儿·书博山道中壁	辛弃疾	048
酒泉子·无题	辛弃疾	050
定风波	苏轼	052

 咏怀卷

浣溪沙	晏 殊	056
浪淘沙令	王安石	058
临江仙	苏 轼	060
虞美人·宜州见梅作	黄庭坚	062
相见欢	朱敦儒	064
浣溪沙	王安石	066
渔家傲	王安石	068
南乡子	黄庭坚	070
点绛唇·绍兴乙卯登绝顶小亭	叶梦得	072
浪淘沙·秋夜感怀	刘辰翁	074
浣溪沙	晏 殊	076
渔家傲·秋思	范仲淹	078
卜算子·咏梅	陆 游	080

 赠别卷

点绛唇	林 逋	084
浪淘沙	欧阳修	086

04

卜算子·送鲍浩然之浙东	王　观	088
浣溪沙	晏　殊	090
卜算子	康与之	092

爱国卷

饮马歌	曹　勋	096
诉衷情	陆　游	098
破阵子·为陈同甫赋壮词以寄之	辛弃疾	100
望江南	金德淑	102
月上瓜洲·南徐多景楼作	张　辑	104
减字木兰花·题雄州驿	蒋兴祖女	106
好事近	吕渭老	108
柳梢青·岳阳楼	戴复古	110
清平乐	李好古	112
菩萨蛮·书江西造口壁	辛弃疾	114
满江红	岳　飞	116

 愁思卷

采桑子	晏殊	120
武陵春·春晚	李清照	122
声声慢	李清照	124
相见欢	李煜	126
虞美人	李煜	128
蝶恋花	晏殊	130
菩萨蛮	晏殊	132
生查子	晏几道	134
生查子	晏几道	136
如梦令	秦观	138
浣溪沙	苏轼	140
忆秦娥	贺铸	142
临江仙	晏几道	144
踏莎行	秦观	146
醉花阴	李清照	148
鹊桥仙	秦观	150

怀人卷

生查子	欧阳修	154
思远人	晏几道	156
如梦令	曹 组	158
少年游·草	高观国	160
唐多令	吴文英	162
长相思	刘克庄	164
蝶恋花	柳 永	166
水调歌头	苏 轼	168

抒情卷

蝶恋花	欧阳修	172
卜算子	李之仪	174
捣练子·杵声齐	贺 铸	176
采桑子	吕本中	178
一剪梅	李清照	180
忆王孙·春词	李重元	182
捣练子·夜捣衣	贺 铸	184

捣练子·望书归	贺　铸	186
忆仙姿	贺　铸	188
苏幕遮	范仲淹	190
雨霖铃	柳　永	192

闲趣卷

破阵子	晏　殊	196
浣溪沙	苏　轼	198
点绛唇	李清照	200
如梦令	李清照	202
清平乐·村居	辛弃疾	204
西江月·夜行黄沙道中	辛弃疾	206
愁倚阑	程　垓	208
如梦令	吴　潜	210

杂咏卷

浣溪沙	苏　轼	214
苍梧谣	蔡　伸	216

点绛唇	谢　逸	218
昭君怨·咏荷上雨	杨万里	220
浪淘沙·题酒家壁	周文璞	222

写景卷

"我见青山多妩媚,料青山见我应如是。"写景和抒情是构成宋词意境的两个重要元素。宋代词人重视写景,其主要原因是,词到了宋代已经发展成一种新抒情体。

采桑子

欧阳修

群芳过后西湖好,狼藉残红,飞絮濛濛,垂柳栏干尽日风。笙歌散尽游人去,始觉春空,垂下帘栊,双燕归来细雨中。

白话译文

暮春时节,百花落尽,西湖景色依然很美,残花飘落在湖水中,柳絮漫天飞舞,迷迷蒙蒙。栏杆外,柳条垂地,在和风中摇摆。傍晚笙歌已经散尽,游人都尽兴归去,才开始觉得湖光山色一片空寂。我回到居室,忽见蒙蒙细雨中,一对燕子正归来,它们呢呢喃喃,像说着亲密的情话,这才放下帘栊。

拓展阅读 | 颍州西湖

欧阳修所咏的西湖是颍州西湖,位于今安徽阜阳,是我国四大西湖之一,建于周代,历代有所扩修。欧阳修和颍州西湖有着很深的情缘,他不但做过颍州太守,一生多次来到西湖,还在辞去太子少师官职后,回到了颍州。

鹧鸪天

苏 轼

林断山明竹隐墙，乱蝉衰草小池塘。翻空白鸟时时见，照水红蕖细细香。村舍外，古城旁。杖藜徐步转斜阳。殷勤昨夜三更雨，又得浮生一日凉。

白话译文

　　夏末秋初，远处树林的尽头山色青青，院墙被隐没在翠竹中。墙外池塘边杂草已枯黄，蝉声嘈杂。空中不时掠过翩飞的白鸟，粉红的荷花映照在水中，散发出淡淡清香。我拄着藜杖漫步在村舍外、古城旁，直到太阳西斜。昨夜三更，殷勤的天公下了一场好雨，又让我享受到一日的清凉。

拓展阅读 鹧鸪天

　　鹧鸪天，词牌名，又名"思佳客""思越人"。据说它出自（唐）郑嵎"春游鸡鹿塞，家在鹧鸪天"。鹧鸪为一种类于雉鸡的鸟，鸣叫声如"行不得也哥哥"，音甚悲切，因此古诗词中常以此寄托思念之情。

写景卷

画堂春

秦 观

落红铺径水平池,弄晴小雨霏霏。杏园憔悴杜鹃啼,无奈春归。　柳外画楼独上,凭栏手捻花枝。放花无语对斜晖,此恨谁知?

白话译文

　　落花铺满园中小路,春水溢满了池塘。晴日里细雨霏霏。杏园中春残花谢,杜鹃悲啼,好像在无可奈何地感慨春已归去。我独自登上画楼,手捻着花枝,倚靠在栏杆上。放下花枝,抬头静静凝望着斜阳,心中眷恋美好年华。这春光里的一往情深,又有谁能知晓呢?

拓展阅读 | 雨雪霏霏

　　霏霏，是指雨、雪、烟、云等密集的样子。它出自《诗经·小雅·采薇》："今我来思，雨雪霏霏。"后世诗词中写雨和雪，多用"霏霏"，如（宋）范仲淹《岳阳楼记》"若夫淫雨霏霏，连月不开"。

写景卷

诉衷情

周邦彦

出林杏子落金盘,齿软怕尝酸。可惜半残青紫,犹有小唇丹。　南陌上,落花闲,雨斑斑。不言不语,一段伤春,都在眉间。

白话译文

　　暮春时节,少女从金盘里拈起一颗半青半紫的杏,只咬半口,便觉得齿软口酸。杏儿上留下一个小小的唇印。南边小路上,雨后落花满地狼藉。她心有所思,默默无语,伤春的惆怅浮现在眉头。

拓展阅读 | 杏子出林

　　杏子出林，表明杏已经成熟，也就是暮春时节了。古人写诗作词，常常以具有代表性的事物来表明季节。如苏轼写暮春，是"花褪残红青杏小"，范仲淹写秋，是"衡阳雁去无留意"，以致这些景物，都成了某个时节的代名词。

如梦令

李清照

昨夜雨疏风骤,浓睡不消残酒。试问卷帘人,却道海棠依旧。知否?知否?应是绿肥红瘦!

白话译文

昨夜的细雨稀稀疏疏下个不停,风刮得也很急。我从酣睡中醒来,昨夜的酒意还未全消。突然想起园中的海棠花,就问正在卷帘的侍女,你知不知道雨后窗外的海棠花儿怎样了。她却漫不经心地回答:海棠花依然开着。我对她说:知道吗?知道吗?应是绿叶繁茂,红花凋零!

拓展阅读 | 绿肥红瘦

"绿肥红瘦"描写的是绿叶茂盛,花儿渐渐凋谢的暮春景象,自李清照起,它成了伤春的典型意象。

清平乐

晏 殊

金风细细,叶叶梧桐坠。绿酒初尝人易醉。一枕小窗浓睡。

紫薇朱槿花残。斜阳却照阑干。双燕欲归时节,银屏昨夜微寒。

白话译文

微微的秋风细细地吹,梧桐叶片片飘坠。初尝醇香绿酒让人醉,小窗前一枕酣眠浓睡。紫薇花、朱槿花在秋寒里凋残,还有夕阳照着楼阁栏杆。到了双燕南归的季节,镶银的屏风昨夜已微寒。

拓展阅读｜梧桐

　　梧桐是落叶乔木，虽因其高大挺拔，被古人誉为"树中之王"，演绎了凤凰非梧桐不栖的神话，但也因其晚春生叶，早秋叶凋，梧桐叶落，天下知秋，易让人生出岁月不居之感。

采桑子

欧阳修

天容水色西湖好,云物俱鲜。鸥鹭闲眠,应惯寻常听管弦。

风清月白偏宜夜,一片琼田。谁羡骖鸾,人在舟中便是仙。

白话译文

西湖风光好,天光水色融成一片,景物都那么鲜丽。鸥鸟、白鹭安稳地睡眠,它们早就听惯了不停的管弦乐曲声。那风清月白的夜晚多么迷人,湖面好像白玉铺成的田野。谁还会羡慕乘鸾升仙呢?这时候,人在船中,就是神仙!

拓展阅读 | 骖鸾成仙

　　骖，本意指驾在车前两侧的马，这里是驾驶、乘坐之意。鸾，是古代传说中凤凰一类的神鸟。古人有乘鸾成仙的说法，因此古代帝王的车驾往往被称为鸾辂、鸾车。

写景卷

如梦令

秦 观

池上春归何处？满目落花飞絮。孤馆悄无人，梦断月堤归路。无绪，无绪，帘外五更风雨。

白话译文

水池上到处漂着落花柳絮，春天到哪里去了？孤寂的旅馆内悄无人声，梦中的我正行走在洒满月光的湖堤上，突然梦断人醒。无聊透顶，伤感至极，只好坐听窗外五更时分的风雨。

拓展阅读 | 孤馆

　　孤馆，孤寂的客舍、旅馆。在古代，孤馆无疑是和羁旅、漂泊、孤独、寂寞相联系的。所以"孤馆青灯""孤馆春寒""孤馆夜雨"常常出现在古诗词中。如（唐）许浑《瓜州留别李诩》"孤馆宿时风带雨，远帆归处水连云"等。

盐角儿·亳社观梅

晁补之

开时似雪,谢时似雪,花中奇绝。香非在蕊,香非在萼,骨中香彻。占溪风,留溪月。堪羞损、山桃如血。直饶更、疏疏淡淡,终有一般情别。

白话译文

梅花开的时候像雪,凋谢的时候还是像雪,这在百花中是绝无仅有的。散发的清香不在花蕊中,也不在花萼上,而是从骨子里飘散出来的。它占住从小溪吹来的风,留住小溪中的明月,连红如血的山桃花也羞惭得减损了自己的容颜。它那疏淡的身影更有一种其他媚俗之花无法与之相比的情致。

拓展阅读 | 雪

　　雪是白色的，白花比雪，已经千年。苏轼说："今年春尽，杨花似雪，犹不见还家。"在他眼里，同样的"杨花似飞雪"。清代孔尚任又说"梨花似雪草如烟"。

如梦令

范成大

罨画屏中客住,水色山光无数。斜日满江声,何处撑来小渡?休去,休去,惊散一洲鸥鹭。

> 白话译文
>
> 　　我住的地方像一幅多彩的画屏,水色山光无限美丽。夕阳的余晖洒满江面,不知从何处划来一只小船。小船啊,你不要离去,不要离去。可惜啊,还是惊飞了沙洲上的一群白鹭。

拓展阅读 | 罨的寓意

　　"罨"和"掩"同音。同"罟"(gǔ)字一样,"罨"也是渔网的意思。罨画,是说将风光网住,如在画中。浙江有罨画溪,宋代刘焘作诗说:"欲识人间真罨画,朱藤倒影入清溪。"

好事近·西湖

辛弃疾

日日过西湖,冷浸一天寒玉。山色虽言如画,想画时难邈。

前弦后管夹歌钟,才断又重续。相次藕花开也,几兰舟飞逐。

白话译文

　　天天都从西湖边经过,湖水平静,像浸泡着一湖畔略带寒意的碧玉。虽说湖光山色像画一样美丽,但是想画时,又很难画出来。耳边响起欢快的乐曲声,一曲停下一曲接续。湖中的荷花次第开放,几条游船在湖中飞快地追逐。

拓展阅读 | 义勇词人辛弃疾

辛弃疾是著名的爱国词人,也是抗金勇士。他在山东拉起了一支抗金队伍,投奔了当时耿京领导的抗金义勇军。有一个叫张安国的小官,为了荣华富贵,投降了金军。辛弃疾听说后,带领五十名勇士夜闯金军大营,将张安国活擒。

鹧鸪天·正月十一日观灯

姜　夔

巷陌风光纵赏时，笼纱未出马先嘶。白头居士无呵殿，只有乘肩小女随。　　花满市，月侵衣，少年情事老来悲。沙河塘上春寒浅，看了游人缓缓归。

白话译文

　　佳节来临，大街小巷张灯结彩，好不热闹。富贵人家的纱灯笼还未出门，门外的马已在嘶鸣。年老无功的我出游时很冷清，没有随从呼前拥后，只有小女儿坐在肩头。满街都是花灯，清冷的月光浸透衣襟。追忆着少年时光，到老来只有无限悲伤。夜深了，花灯寥落，寒意阵阵，游人都慢慢地向家走去。

拓展阅读 | 乘肩

　　乘肩，有的地方叫打马肩，有的地方叫骑马肩。小孩子骑在大人肩上，可爱又神气。姜夔写这首词的时候已经四十三岁。黄庭坚也讲过一个同样的故事："市井怀珠玉，往来人未逢。乘肩娇小女，邂逅此生同。"

025

写景卷

青玉案·元夕

辛弃疾

东风夜放花千树,更吹落,星如雨。宝马雕车香满路。凤箫声动,玉壶光转,一夜鱼龙舞。

蛾儿雪柳黄金缕,笑语盈盈暗香去。众里寻他千百度,蓦然回首,那人却在,灯火阑珊处。

白话译文

　　元宵佳节的晚上,东风吹开了火树银花,仿佛天上的星辰如雨点般落下。宝马雕车撒下芳香,乐曲悠扬,月光转动,通宵达旦,鱼龙飞舞。盛装的女子们钗钿插满头,有说有笑,转眼没了影,留下一路芳香。我在人群中四处寻找,怎么也找不到。猛一回头,她却静静地站在灯火将尽的幽暗处。

拓展阅读 | 元夕

　　元夕，即正月十五夜晚，是一年中第一个月圆夜，又被称为"元宵节""上元节""灯节"。在这一天，家家户户张灯结彩，放礼花，吃汤圆。街市也火树银花，车水马龙，舞狮子，闹花灯，热闹非凡。人们纷纷走出家门，观灯猜谜，互相祝福。

采桑子

欧阳修

轻舟短棹西湖好,绿水逶迤。芳草长堤,隐隐笙歌处处随。

无风水面琉璃滑,不觉船移。微动涟漪,惊起沙禽掠岸飞。

白话译文

短棹轻划小船轻轻漂,这西湖的美景多么美好。碧绿的湖水曲折蜿蜒,芳草染绿长长的堤岸,远处隐隐传来笙歌。无风的湖面像琉璃一样晶莹光滑,船儿不知不觉轻轻漂荡。激起水面细小的波纹,惊起沙洲上的水鸟快速掠过堤岸。

拓展阅读 | 欧阳修以诗评菜

　　欧阳修和朋友来到杏花村酒楼，酒楼顾客稀少。欧阳修点了三个菜，品尝后写道："大雨哗哗飘湿墙，诸葛无计找张良。关公跑了赤兔马，刘备抡刀上战场。"诗的意思是"无檐（盐）""无算（蒜）""无缰（姜）""无将（酱）"。做菜没味道，难怪客人少。

写景卷

浣溪沙

秦观

漠漠轻寒上小楼,晓阴无赖似穷秋。淡烟流水画屏幽。

自在飞花轻似梦,无边丝雨细如愁。宝帘闲挂小银钩。

白话译文

独自登上小楼,身上觉得一阵寒冷。早晨的天阴着好像在深秋。彩色屏风画着淡烟流水,一片清幽。窗外悠闲自在的飞花轻得如梦一般虚幻,连绵不断的春雨就像我心中的忧愁。无聊啊,我随意地卷上帘幕用银钩把它挂起。

拓展阅读 | 可触摸的闲愁

　　这首词把幽眇难触的情感比作可视的具体形象：飞花似梦，丝雨如愁。淡淡的、难以言说的情绪如飞花，似细雨，萦绕、浸润着心田，抽象至极的情感此时变得可以触摸，却不改变轻淡的质感，真是妙不可言。

写景卷

浣溪沙

欧阳修

湖上朱桥响画轮,溶溶春水浸春云,碧琉璃滑净无尘。

当路游丝萦醉客,隔花啼鸟唤行人,日斜归去奈何春。

白话译文

湖上的朱桥上车轮声声响不断。春水丰盈的湖面,倒映着柔美的白云。湖面平静得好像碧绿的玻璃,平滑干净没有灰尘。挡路的蛛丝,似要牵住醉客不让走;花丛里的鸟儿不住地鸣叫,似在召唤行人。湖光春色如此诱人,无奈太阳快要落山了,只好踏上归程。

拓展阅读 | 西湖

　　这首词写的是西湖。欧阳修有不少写西湖的词，比如："春深雨过西湖好，百卉争妍。蝶乱蜂喧，晴日催花暖欲然。"他说，平生为爱西湖好，来拥朱轮。

感悟卷

望月思乡，老来悲秋。外物触动了文人的情感，引发了他们的感悟。用词把这些情感、感悟抒发出来，是宋代文人的聪明选择。

卜算子·黄州定慧院寓居作

苏轼

缺月挂疏桐,漏断人初静。谁见幽人独往来,缥缈孤鸿影。　惊起却回头,有恨无人省。拣尽寒枝不肯栖,寂寞沙洲冷。

白话译文

残月高挂在树叶稀疏的梧桐树上,漏壶里的水已经滴尽,院子里寂无人声。谁看见幽居人独自往来徘徊,缥缈的夜空中只有觅巢的孤雁的身影。它突然受惊匆匆回头看。心中的幽恨无人能懂。它拣尽了寒冷的树枝不肯栖息,只好露宿于寂寞荒凉的沙洲,度过这寒冷的夜晚。

拓展阅读 | 古代的计时器——漏

　　漏，又称漏壶，是古代用来计时的仪器。古代没有钟表，用有孔的铜壶装上水或沙子，内有表示时间的刻度，水或沙子从孔中漏出，视刻度以计时。古代诗词中常出现"漏"的意象，漏声往往衬托夜晚的寂静，漏断则表明夜已很深。

江城子·乙卯正月二十日夜记梦

苏轼

十年生死两茫茫,不思量,自难忘。千里孤坟,无处话凄凉。纵使相逢应不识,尘满面,鬓如霜。 夜来幽梦忽还乡。小轩窗,正梳妆。相顾无言,唯有泪千行。料得年年肠断处,明月夜,短松冈。

白话译文

十年来,我和你阴阳相隔。即使不去想念,也总是忘不了。你孤零零地葬在遥远的地方,我到哪儿去诉说悲伤呢?即使相见也不可能认识了,因为我满面尘土、两鬓如霜。昨夜忽然梦见回到故乡,看见你正坐在窗边梳妆。你我相对,默默无言,只有不停地流泪。想起每年伤心的地方,就是在明月下,栽着松树的山冈。

拓展阅读 | 王弗

　　王弗是苏轼的原配夫人。她聪颖过人,过目不忘。所以苏轼在读书时,她也能默诵在心,就算苏轼忘了的内容,她也能记得住。无奈王弗早逝,给苏轼带来了无法抹去的伤痛。这首词就是苏轼在王弗去世十年后所作。字里行间流露出对亡妻的无限怀念。

苏幕遮

周邦彦

燎沉香,消溽暑。鸟雀呼晴,侵晓窥檐语。叶上初阳干宿雨,水面清圆,一一风荷举。故乡遥,何日去?家住吴门,久作长安旅。五月渔郎相忆否?小楫轻舟,梦入芙蓉浦。

白话译文

点起沉香,驱散闷湿的暑气。鸟雀不停地鸣叫,呼唤着晴天,在拂晓时我偷听着它们在屋檐下的言语。太阳晒干了荷叶上昨晚落下的雨滴,水面清润,荷叶在风中挺立。故乡那么遥远,何时才能回去看看?我家在吴越一带,却常年客居京城。五月新荷出水,故乡的伙伴是否还记得我?我总梦见乘坐他的小船,穿行于荷花池里。

拓展阅读 长安旅

　　长安，即今天的西安，是周、汉、唐等十三朝古都，后代诗词中常用长安代称都城。长安旅指宦游京城。周邦彦精通音律，又能自作曲词，被人称为"词家之冠"和"词家老杜"。他曾在大晟府（即国家最高音乐机关）任职，常年居住在京城，所以有"长安旅"的感叹。

点绛唇

汪 藻

新月娟娟,夜寒江静山衔斗。起来搔首,梅影横窗瘦。

好个霜天,闲却传杯手。君知否?乱鸦啼后,归兴浓于酒。

> **白话译文**
>
> 秀美的新月悬挂在夜空。寒夜里,听不到一点波涛声,北斗星斜挂在山头。我辗转难眠,披衣而起,窗纸上映着几枝瘦梅影。如此寒冷的霜天,本是众人相聚推杯换盏的时候,可现在,这双手却闲下来了。你知道吗?宦海中的"乱鸦"叫人痛恨,我思归的念头比霜天思酒还要浓厚。

拓展阅读 | 新月

　　新月，农历每月初三、初四的月亮。古代诗词中的月亮有很多雅称，如婵娟、冰轮、桂魄、姮娥等。

长相思·山驿

万俟咏

短长亭,古今情。楼外凉蟾一晕生,雨余秋更清。　暮云平,暮山横。几叶秋声和雁声,行人不要听。

白话译文

路旁的短亭和长亭,不知目睹过古今多少离别的场景。高楼外,一圈光晕环绕着月亮。秋雨之后,更显得凄清。傍晚时分,云彩静静地飘浮着,远山静静地平卧。落叶瑟瑟飘舞,北雁南飞悲鸣,那么凄凉,远行的人最不忍听到这种声音。

拓展阅读 | 短长亭

　　古时候，驿路上五里设短亭，十里设长亭。行人可在此休息，离人在那里饯别。（北周）庾信《哀江南赋》就写道："十里五里，长亭短亭。"李白也有"何处是归程，长亭更短亭"的感叹。诗词中出现了长亭、短亭，要么写离愁，要么写思乡之情、羁旅行役之苦。

诉衷情·送春

万俟咏

一鞭清晓喜还家,宿醉困流霞。夜来小雨新霁,双燕舞风斜。 山不尽,水无涯,望中赊。送春滋味,念远情怀,分付杨花。

白话译文

清晨,我起程回家。昨夜因为兴奋喝多了酒,今早还有些醉意。夜里一场雨过后,现已放晴,成双的燕子在晨风中翻飞。回家的路上,群山连绵,江水宽阔,回顾来路真是遥远。以往客居他乡,思亲怀远,现在家乡就在眼前,就将这些愁苦统统交给杨花吧。

拓展阅读 | 流霞

　　流霞,本指流动的彩云,也指传说中神仙的饮品。(北周)庾信《卫王赠桑落酒奉答诗》有"愁人坐狭斜,喜得送流霞"之句,后人便以流霞称美酒。我国酒文化源远流长,酒的名称也有很多。如"杜康""杯中物""忘忧物""春醪"等,但最有诗意、最美的称呼还是流霞。

丑奴儿·书博山道中壁

辛弃疾

少年不识愁滋味,爱上层楼。爱上层楼,为赋新词强说愁。而今识尽愁滋味,欲说还休。欲说还休,却道天凉好个秋。

白话译文

年少时不知道愁是什么滋味,喜欢登上高楼,赏玩风景,为了写一首新词无愁也勉强说愁。如今尝尽了愁的滋味,想要诉说却开不了口,只好无可奈何地叹一声"好个凄凉的秋天啊"。

拓展阅读 | 愁的滋味

　　愁是什么滋味？不同的人有不同的回答，不同年龄段的人也有不同的感受。少年的闲愁，老年看似平淡却深沉的愁，被词人以两个生动的场景描绘出来。通过"少年"与"而今"的对比，让我们看到了词人深沉的人生感悟。

酒泉子·无题

辛弃疾

流水无情,潮到空城头尽白。离歌一曲怨残阳,断人肠。 东风官柳舞雕墙。三十六宫花溅泪,春声何处说兴亡,燕双双。

白话译文

流水无情送客,潮水拍打着空城,人因离愁而头发变白。听到离别之歌,我不禁抱怨夕阳无情,催人离别,顿生断肠之痛。东风吹动,柳枝在雕花的宫墙上飞舞。离宫别院里,群花因伤感时节而落泪。双燕声声,好像诉说着历代兴亡。

拓展阅读 | 三十六宫

　　三十六宫,出自(汉)班固《西都赋》:"离宫别馆,三十六所。"后代就以"三十六宫",极言宫殿之多。(唐)温庭筠《郭处士击瓯歌》的"吾闻三十六宫花离离,软风吹春星斗稀",就是以宫殿之多来讽刺古代帝王奢靡享乐的生活。

定风波

苏 轼

莫听穿林打叶声,何妨吟啸且徐行。竹杖芒鞋轻胜马,谁怕?一蓑烟雨任平生。　料峭春风吹酒醒,微冷,山头斜照却相迎。回首向来萧瑟处,归去,也无风雨也无晴。

白话译文

不要在意风雨穿林打叶的声音,不妨吟诗长啸,从容慢慢地前行。穿着草鞋,拄着竹杖,步履轻盈,胜似骑马,谁还会害怕?任凭风雨吹打,我披着蓑衣度过平生。料峭春风吹醒了我的醉意,感到有点冷。山头的夕阳迎面射来,好像在迎接我。回头看看风雨交加的来时路,回去吧,那里好像没有风雨也不见天晴。

拓展阅读 | 一蓑烟雨任平生

　　这首词是苏轼被贬黄州（今湖北黄冈）时所作。词人酒后冒雨吟啸徐行，任由风吹雨打，仍不减豪迈。而"一蓑烟雨任平生"更加让我们看到了词人坚强的性格。寒意虽有，但山头的夕阳迎面射来。回头看看来时路，却是"也无风雨也无晴"的平淡。

咏怀卷

少年壮志,老来情怀。除了流连风花雪月、伤春悲秋之外,宋代词人也在词作里感慨人生、思考社会,这也是词这种诗体的新境界。

浣溪沙

晏 殊

一曲新词酒一杯,去年天气旧亭台。夕阳西下几时回? 无可奈何花落去,似曾相识燕归来。小园香径独徘徊。

白话译文

听一支新曲喝一杯美酒,还是和去年一样的天气和旧日的亭台,西落的夕阳何时再回来?花儿落下我无可奈何,归来的燕子也似曾相识,我在小园的花径上独自徘徊。

拓展阅读 | 太平宰相晏殊

　　晏殊是个神童，14岁被推荐给皇帝，参加殿试，成绩优异，赐同进士。当时天下太平，皇帝允许百官宴饮玩乐。晏殊却在家与兄弟们读书作诗。皇帝了解到晏殊每日闭门读书，觉得他教太子正合适，于是就任命他为太子舍人。宋仁宗登位后，就任命他做了宰相。

浪淘沙令

王安石

伊吕两衰翁,历遍穷通。一为钓叟一耕佣。若使当时身不遇,老了英雄。　汤武偶相逢,风虎云龙。兴王只在笑谈中。直至如今千载后,谁与争功!

白话译文

伊尹和吕尚一个曾是奴仆,一个曾是钓鱼翁,他们历经穷困而后发达。如果不是被汤王、文王发现并重用,英雄也会老死在山野中。汤武二帝偶遇贤臣,使他们能风从虎,云随龙,谈笑中建起了王业。直到千载之后的今天,又有谁敢与伊、吕比功绩!

拓展阅读 | 风虎云龙

　　伊尹，名挚，曾在有莘国之野以耕田为生。被商汤发现并重用，辅助商汤建立商朝。吕尚，即姜太公，后代称其为姜子牙。在渭水以钓鱼为生，姜太公辅佐文王、武王灭了商纣王，建立了周朝。这两个故事是明君得贤相而成就大业的典范，被历代文人所歌咏。

临江仙

苏 轼

夜饮东坡醒复醉,归来仿佛三更。家童鼻息已雷鸣。敲门都不应,倚杖听江声。 长恨此身非我有,何时忘却营营?夜阑风静縠纹平。小舟从此逝,江海寄余生。

白话译文

在东坡的寓所里醒了又醉,回来的时候仿佛已经三更。家里的童仆早已睡熟,鼾声如雷鸣。轻轻地敲了敲门,里面全不回应,只好独自倚着藜杖倾听江水的吼声。经常恨这个躯体不属于我自己,什么时候才能忘却追逐功名?趁着夜深,驾起小船从此消逝,泛游江河湖海,寄托余生。

拓展阅读 | 东坡

　　苏轼被贬到黄州，自己开荒种地，并名种田之所为"东坡"，这就是"东坡居士"的由来。他的《东坡》一诗写道："雨洗东坡月色清，市人行尽野人行。莫嫌荦确坡头路，自爱铿然曳杖声。"

虞美人·宜州见梅作

黄庭坚

天涯也有江南信,梅破知春近。夜阑风细得香迟,不道晓来开遍、向南枝。

玉台弄粉花应妒,飘到眉心住。平生个里愿杯深,去国十年老尽、少年心。

白话译文

初绽的梅花,报道了春天临近的讯息。夜沉沉,微风轻吹,闻得芳香已经较迟,不料第二天清早,向南的树枝已开满了梅花。女子在镜前化妆,引起了梅花的羡妒,就飘落在她的眉心上。要在平常见到这种景象,便希望畅怀酣饮。可如今,我被贬离开汴京已十年,那种少年的情怀、兴致已经没有了。

拓展阅读 | 梅花妆

　　梅花妆又称寿阳妆。传说南朝宋武帝的女儿寿阳公主，于正月初七人日那一天在含章殿檐下睡觉，有五瓣梅花落在她的额上，印出五出（瓣）花，怎么擦也擦不去，过了三天才洗去。宫女们觉得很奇美，纷纷效仿，做梅花妆。

相见欢

朱敦儒

金陵城上西楼,倚清秋。万里夕阳垂地,大江流。

中原乱,簪缨散,几时收?试倩悲风吹泪,过扬州。

白话译文

登上金陵城西的高楼,极目远眺清秋时节的景色,只见夕阳万里,余晖垂地,浩荡的长江在暮色中默默流淌。中原战乱不休,高官权贵四处逃散,被丢弃的家国何时才能重收复?秋风啊,请把我悲伤的泪水吹过扬州,洒向那片备受蹂躏的故土。

拓展阅读 | 簪缨

簪缨,本指古代达官贵人的冠带,后来用以代称贵族或高官。古代的穿着打扮是有身份之别的,不能随便穿,穿错了衣服、戴错了帽子是要被处罚的。比如,隋唐以后,公卿大臣穿紫衣,小农、贩夫穿白衣,所以宋代词人柳永有"白衣卿相"之称。

浣溪沙

王安石

百亩中庭半是苔,门前白道水萦回。爱闲能有几人来?　小院回廊春寂寂,山桃溪杏两三栽。为谁零落为谁开?

白话译文

百亩大的庭院有一半是青苔,门前的白沙路旁,是蜿蜒的小溪。有闲情逸致来这里的人能有几个呢?春天到了,院子里曲折的回廊非常安静。山上的桃花、溪边的杏树,三三两两地种在一起。不知道它们是为谁开放,为谁凋零?

拓展阅读 | 王安石改诗

　　王安石作诗写词，往往为了一个字的准确性而反复推敲。他作《泊船瓜洲》时，第三句原本写作"春风又到江南岸"。他反复读，觉得有点别扭，就把"到"改成了"过"。又读了几遍，还是觉得不好，又改为"入""满"，换了不下十个字，最后他才认准"绿"字最合适。

渔家傲

王安石

平岸小桥千嶂抱,柔蓝一水萦花草。茅屋数间窗窈窕。尘不到,时时自有春风扫。

午枕觉来闻语鸟,欹眠似听朝鸡早。忽忆故人今总老。贪梦好,茫然忘了邯郸道。

白话译文

峰恋叠嶂,环抱着小桥流水;河水青碧,萦绕着繁花绿草。几间茅屋掩映在山坳间。多么清新明净啊,因为有春风的勤打扫,这里没有尘霾。午觉醒来,听到鸟儿的鸣唱。倚着床头,想起当年早朝的鸡鸣。忽然想起了旧相识,想必他们都已老了吧。同样衰老的我贪恋这悠闲的生活,早已忘却了虚幻的当官的理想。

拓展阅读 | 邯郸梦

　　邯郸是战国时赵国的都城。唐代沈既济的《枕中记》中，写了一个叫卢生的人，投宿邯郸客店，一个道士送他一个瓷枕，卢生枕瓷枕而眠，梦到了自己十年的荣华富贵生活。梦醒，发现店主做的黄粱米饭都还没熟。后代就以"邯郸梦"来比喻虚幻之事。

南乡子

黄庭坚

重阳日，宜州城楼宴集，即席作。

诸将说封侯，短笛长歌独倚楼。万事尽随风雨去，休休，戏马台南金络头。 催酒莫迟留，酒味今秋似去秋。花向老人头上笑，羞羞，白发簪花不解愁。

白话译文

将领们在谈论封侯之事，我独倚高楼，和着竹笛，放声长歌。一切都随风雨消逝，万事皆休。宋武帝在重阳登临戏马台，与群臣宴会的盛景已一去不复返。快快喝酒唱歌吧，不要犹豫。人一年年老去，而酒味醇香依旧。我老兴勃发，插花于头，而花却笑我偌大年纪还不消解忧愁。

拓展阅读 | 戏马台

戏马台，位于江苏徐州。是徐州现存最早的古迹之一，公元前206年，项羽灭秦后，自立为西楚霸王，定都彭城（今徐州），于南山筑崇台，以观戏马，故名戏马台。千百年来，戏马台见证了历代兴衰，让后代文人感叹不已。

咏怀卷

点绛唇·绍兴乙卯登绝顶小亭

叶梦得

缥缈危亭,笑谈独在千峰上。与谁同赏,万里横烟浪。　　老去情怀,犹作天涯想。空惆怅,少年豪放,莫学衰翁样。

白话译文

　　小亭在高耸的山峰上,隐隐约约浮现着。我独自登临千峰笑论古今。万里云烟如波涛翻滚,无人与我一同欣赏。我身虽老,情怀仍在,还心存建功万里的梦想。无奈我已衰老,英雄末路,只有空惆怅。年轻人啊,一定要胸怀豪情,不要学我这个老头子。

拓展阅读 | 天涯想

　　天涯想即志在四方、建功万里的理想。对于南宋的偏安，叶梦得一直心存不甘，收复失地，建功万里的梦想始终不灭。他晚年虽然无奈地隐居在湖州，但每每登高望远，还常常兴起重整山河的壮志。

浪淘沙·秋夜感怀

刘辰翁

无叶著秋声,凉鬓堪惊。满城明月半窗横。惟有老人心似醉,未晓偏醒。　　起舞故无成,此恨难平,正襟危坐二三更。除却故人曹孟德,更与谁争?

白话译文

　　树叶落尽,秋声萧瑟,两鬓冰冷的白发令人吃惊。明月照全城,斜横在我窗前。我的心好像醉了一样,天还没亮就醒了。曾心怀壮志,奋发作为却一事无成,这遗憾让我心绪难平。我正襟危坐到夜半,无法入眠。除了熟悉的老朋友曹操,我还能与谁论英雄?

拓展阅读 | 曹孟德

　　曹孟德即曹操。南宋爱国词人大多以曹操为英雄，表现出了对曹操的极度欣赏。刘辰翁处于南宋衰世，和其他爱国词人一样，在词作中或表现对英雄的崇拜和呼唤，或自比于英雄，表现出浓浓的英雄情结。

浣溪沙

晏 殊

小阁重帘有燕过,晚花红片落庭莎。曲阑干影入凉波。

一霎好风生翠幕,几回疏雨滴圆荷。酒醒人散得愁多。

白话译文

阁楼层层帘幕外有燕子飞过,庭院莎草上落满晚春的红花。栏杆倒映在池塘里,感到寒冷。一阵清风徐徐吹来,碧绿的帘幕随风飘动,稀疏的雨滴打在新生的荷叶上。酒醒了,人也散了,留给我的是些许忧愁。

拓展阅读 | 晏殊笔下的园林

  晏殊官至宰相,虽然不刻意追求物质生活的富裕,但很在意精神生活的富贵。他的词也表现出浓重的富贵气象。晏殊写园林及涉及园林元素的词很多,如栏杆、楼台、小径等,让他笔下的园林充满了悠闲舒缓般的诗情画意,很有太平盛世的闲情雅致。

渔家傲·秋思

范仲淹

塞下秋来风景异,衡阳雁去无留意,四面边声连角起。千嶂里,长烟落日孤城闭。　浊酒一杯家万里,燕然未勒归无计,羌管悠悠霜满地。人不寐,将军白发征夫泪。

白话译文

塞外的秋天,风景和内地大不相同,大雁南飞没有丝毫留恋。四周的边声随着号角响起,层层山岭环抱孤城,落日被烟岚笼罩。乡关万里,功业未成,怎能有回家的打算?一杯浊酒下肚,羌管幽咽悲鸣,冷霜铺满大地。在这样的心境下,无论是白发的将军,还是流泪的征夫,人人都难以入睡。

拓展阅读 | 衡阳雁

　　衡阳雁，古代传说，每逢秋季，大雁南飞，到衡山南（即衡阳）回雁峰就停下，栖息于此。对于北方的人来说，衡阳雁去则表明秋天的到来，而"衡阳雁断"则用雁到衡阳不再飞，比喻音信渺茫，亲人难回。

咏怀卷

卜算子·咏梅

陆游

驿外断桥边,寂寞开无主。
已是黄昏独自愁,更著风和雨。
无意苦争春,一任群芳妒。
零落成泥碾作尘,只有香如故。

白话译文

寂寞无主的梅花,在驿馆外断桥边开放。已是日落黄昏,它正独自忧愁感伤,一阵阵凄风苦雨,又不停地敲打在它身上。它完全不想占领春芳,听任百花群艳心怀妒忌将它中伤。纵然它片片凋落在地,粉身碎骨被碾作尘泥,芳香却永留世上。

拓展阅读 | 傲然不屈的梅花

  陆游一生酷爱梅花,将其作为一种精神的载体来倾情歌颂,梅花在他的笔下成为一种坚贞不屈的象征。那"零落成泥碾作尘,只有香如故"的梅花,正是词人一生对恶势力不懈抗争的精神和对理想坚贞不渝的品格的形象写照。

赠别卷

"多情自古伤离别",宋词中最脍炙人口的就是赠别之作。赠别之作大多属于慢词,代表作有晏殊的《踏莎行》、秦观的《满庭芳》、欧阳修的《玉楼春》等。

点绛唇

林逋

金谷年年,乱生春色谁为主?余花落处,满地和烟雨。又是离歌,一阕长亭暮。王孙去,萋萋无数,南北东西路。

白话译文

春草年年生,金谷园春色迷离,不知谁是它的主人。烟雨蒙蒙中,残花飘零,满地落英。又是分别时候,一阕离歌唱到长亭垂暮。朋友已走远,放眼望,只见东西南北,前行之路满是春草萋萋。

拓展阅读 | 金谷送别

　　金谷，即金谷园，本为西晋富豪石崇在洛阳的园林别墅。一次西晋征西将军王诩即将回长安，石崇就在金谷园的金谷涧为其置酒饯行。（南朝）江淹在《别赋》中有"送客金谷"的句子。后代诗词中，金谷便成了送客饯别之所的代称。所以写到送别，往往出现"金谷"。

赠别卷

浪淘沙

欧阳修

把酒祝东风,且共从容,垂杨紫陌洛城东。总是当时携手处,游遍芳丛。

聚散苦匆匆,此恨无穷。今年花胜去年红。可惜明年花更好,知与谁同?

白话译文

举起酒杯祈求东风,请你留下,与我们一起游赏这大好春光。洛阳城东小路蜿蜒,垂柳柔曼。我们曾经携手同游,姹紫嫣红的花丛到处有我们的足迹。欢聚和离散总是这样匆促,心中的遗憾无尽无穷。今年的花比去年还要红,明年的花一定会更美好,可惜到那时不知能和谁一同欣赏。

拓展阅读 | 紫陌

　　紫陌,即京城郊外的道路。中国古人崇尚紫色,认为紫色是最高贵、吉祥的颜色,说到和皇宫、贵族有关的事物常常用"紫"字,如"紫衣""紫阙""紫绶""紫禁城"等;而说到祝福或吉祥语时,即便是今天,也常用"紫气东来"一词。

卜算子·送鲍浩然之浙东

王观

水是眼波横,山是眉峰聚。欲问行人去那边?眉眼盈盈处。才始送春归,又送君归去。若到江南赶上春,千万和春住。

白话译文

水像美人流动的眼波,山如美人蹙起的眉毛。想问朋友去哪里?如美女眉眼一样山明水秀的南方,就是你的方向。刚送走了春天,又要送你回去。你到了江南,如果还能赶上春天的话,千万要把春天的景色留住。

拓展阅读 | 山水眉眼互喻

　　古人写美女的眉眼，往往以山水为喻。如"远山眉""望穿秋水"等；反过来，写山水，也常常以美女的眉眼为喻，如"眉黛""眼波"等。这首词是以山水喻美人还是以美人喻山水呢？展开你的想象去理解吧。

浣溪沙

晏 殊

湖上西风急暮蝉,夜来清露湿红莲。少留归骑促歌筵。

为别莫辞金盏酒,入朝须近玉炉烟。不知重会是何年?

白话译文

傍晚微风吹过湖面,蝉鸣急促。夜幕降临,晶莹的清露打湿了红莲。在此驻足片刻后,骑马赶赴即将开始的酒宴。离别之酒请不要推辞,让我们开怀畅饮。入朝为官要多接近皇上,才能仕途平稳。只是从此一别不知何时才能再相逢。

拓展阅读 玉炉

　　玉炉，即朝廷或帝王用的香炉。道家称天帝所居都城为玉京，由于受道教的影响，古代也称人间的帝都为玉京。相应的，帝王或朝廷所用之物也常常用"玉"字修饰。如宫廷的台砚称"玉台"，皇家的族谱称"玉牒"，皇家子孙称"玉叶"，皇帝的诏书称"玉诏"等。

卜算子

康与之

潮生浦口云,潮落津头树。潮本无心落又生,人自来还去。 今古短长亭,送往迎来处。老尽东西南北人,亭下潮如故。

白话译文

江潮涌来,在浦口上空与云相接;潮水退去,落到渡口边的江树下。潮起潮落本无心,人也一样,来来去去无留意。短亭、长亭常离别,送往迎来从不间断。东西南北的离别人,老了一代又一代,亭下的潮水涨涨落落依然如故。

拓展阅读 | 人卑词高康与之

康与之很有才,但一直受人鄙视,原因是他曾经依附于卖国奸臣秦桧。其实他也对南宋的投降政策表示过不满,甚至还向皇帝献过《中兴十策》,名震一时。但后来他为了求官职,成为秦门十客之一,风光一时。但秦桧死后,他就被一贬再贬,抑郁而死。

爱国卷

英雄泪,家国情。宋代词人爱国情怀深厚,尤其南宋词人,大都有重整河山的壮志、收复失地的理想。他们把深深的家国情怀寄托于词中,陶染着世世代代的中华儿女。

爱国卷

饮马歌

曹勋

边头春未到,雪满交河道。暮沙明残照,塞烽云间小。断鸿悲,陇月低,泪湿征衣悄。岁华老。

白话译文

边塞的春天还没有来到,交河城的大道还铺满积雪。暮色降临,沙漠在夕阳残照下一片白茫茫,插向云端的烽火台显得很小。陇山上明月垂照,失群的孤雁声声悲鸣。将士们思乡的泪水默默地沾湿了征衣。不知不觉岁月衰老。

拓展阅读 | 饮马歌

《饮马歌》本是金人的曲调。宋徽宗被金人掳走，作为北上的侍臣之一，曹勋也成了被金人押解的俘虏。逃回后又出使金国。在金国期间，他听到那里的横吹曲《饮牛马》声悲韵咽，便依《饮牛马》曲调，创作了这组《饮马歌》。

诉衷情

陆游

当年万里觅封侯,匹马戍梁州。关河梦断何处?尘暗旧貂裘。胡未灭,鬓先秋,泪空流。此生谁料,心在天山,身老沧洲。

白话译文

当年我远赴边疆立志建功封侯,单枪匹马戍守在梁州。曾经的戍边生活只能在梦里出现,梦一醒不知身在何处。当年的毛皮战衣长久闲置,已落满了灰尘。侵略者还没有消灭,我的鬓发却已斑白如秋霜,想到此,只能老泪纵横。谁会料到我这一生,心在抗战前线,人却在家中慢慢老去。

拓展阅读 | 沧洲

沧洲,指水边之地,和"沧浪""五湖"是近义词,古代常用以指隐居之处。作这首词时,词人已经年近古稀,虽隐居江湖,但壮怀不已。回首往事,有自豪,也有惆怅和不甘。词的格调沉郁悲壮,读来令人唏嘘。

破阵子·为陈同甫赋壮词以寄之
辛弃疾

醉里挑灯看剑,梦回吹角连营。八百里分麾下炙,五十弦翻塞外声。沙场秋点兵。 马作的卢飞快,弓如霹雳弦惊。了却君王天下事,赢得生前身后名。可怜白发生!

白话译文

喝醉了酒,挑亮油灯,端详我的宝剑,梦中回到号角嘹亮的军营。烤熟牛肉分给将士们,奏起军乐鼓舞士气。校场上,阅兵式在秋风里进行。战马如的卢马一样跑得飞快,弓箭像惊雷震耳离弦。一心成就复国大业,赢来千古美名。可惜壮志未酬,白发已生!

拓展阅读　古代的名马

　　古代的那些名马都叫什么呢？这里略举一二。周穆王有八骏，分别称绝地、翻羽、奔宵、越影、逾辉、超光、腾雾、挟翼；秦始皇有七匹名马：追风、白兔、蹑景、追电、飞翩、铜爵、晨凫。

望江南

金德淑

春睡起,积雪满燕山。万里长城横缟带,六街灯火已阑珊。人立玉楼间。

空懊恼,独客此时还。辔压马头金错落,鞍笼驼背锦斓班。肠断唱阳关。

白话译文

早春一觉醒来,茫茫积雪覆盖了燕山。万里长城被皑皑白雪覆盖,好像一条披在破碎河山上的白色绸带。大街小巷,灯火将尽未尽,稀疏冷落。我倾立在楼台间。我在没来由地懊恼,而他只身孤影此时就要归去了。马匹已经整治妥当,马头上的配饰,马背上的雕鞍,可唱出来的曲子啊,却令人伤心欲绝。

拓展阅读 | 宫女的亡国恨

南宋灭亡，宫女金德淑与王昭仪、汪元量一起被掳至元大都。据说，每当夜深人静之时，常能听到有女子倚楼而哭。这个女人就是宫女金德淑。这首词是金德淑为南归的道士汪元量饯行时所作。

月上瓜洲·南徐多景楼作

张 辑

江头又见新秋,几多愁。塞草连天何处是神州?英雄恨,古今泪,水东流。惟有渔竿,明月上瓜洲。

白话译文

　　站在长江边,又看到秋天来临,心里充满忧愁。一年又一年,边塞的荒草连天,什么地方才是神州大地呢?多少英雄留下无尽的遗恨,徒有悼古伤今的眼泪,随着江水东逝。我只有持竿垂钓,见那新秋的明月,冉冉从瓜洲升起。

拓展阅读 | 南徐多景楼

徐州本在江苏西北部,东晋朝廷南迁,在京口建了一个新"徐州",这个"徐州"就被称为南徐,也就是今天的镇江。多景楼位于镇江北固山后峰顶,也称北固楼、春秋楼,与岳阳楼、黄鹤楼,并称万里长江三大名楼。

减字木兰花·题雄州驿

蒋兴祖女

朝云横度,辘辘车声如水去。白草黄沙,月照孤村三两家。

飞鸿过也,万结愁肠无昼夜。渐近燕山,回首乡关归路难。

白话译文

早上,寒风翻卷,乌云滚滚,车声辘辘如流水,一路向北去。风卷白草,黄沙漫漫,冷月笼罩三三两两人家。鸿雁掠过寒空,我愁肠万结日夜悲伤。燕山越来越近,家乡越来越远,回头遥望故国,再难踏上回乡的路。

拓展阅读 | 忠良之女

靖康之变时,蒋兴祖誓死抗战,勇武不屈,最后壮烈殉国。其妻、长子也相继死于国难。他的女儿,即此词的作者,年仅十五,被金兵掳往北方,途经河北雄县的驿站,在墙上写下了这首词。抒发了十五岁少女家国尽失的沉痛和悲戚。

爱国卷

好事近

吕渭老

飞雪过江来,船在赤栏桥侧。为报布帆无恙,著两行亲札。

从今日日在南楼,鬓自此时白。一咏一觞谁共?负平生书册!

白话译文

冒着漫天风雪渡江,把小船停靠在赤栏桥旁。我给你写了简短的书信,报告我旅途平安。从今以后我天天都要栖身在南方,鬓发从此渐白。当年相聚一堂的朋友,如今天各一方。谁来与我一起吟诗饮酒?不能为国分忧,我真是辜负了平生读的圣贤书。

拓展阅读 | 赤栏桥

　　赤栏桥，在今安徽合肥。最让其有名的是南宋著名词人姜夔于此写下了"我家曾住赤栏桥，邻里相过不寂寥"的诗句。宋南迁后，合肥是宋金对峙的前线，也是南北的边界。很多南迁的词人过江后要登楼北望故园，赤栏桥也就成了诗词中地标性建筑。

柳梢青·岳阳楼

戴复古

袖剑飞吟,洞庭青草,秋水深深。万顷波光,岳阳楼上,一快披襟。　　不须携酒登临,问有酒,何人共斟?变尽人间,君山一点,自古如今。

白话译文

　　我像吕洞宾那样,佩带宝剑,登上岳阳楼。眺望洞庭湖和青草湖,秋水深深,波光万顷。独立楼头,朗声吟诗,好不痛快!无须携带美酒登楼,即便有酒,又有谁和我同饮?世事变迁,人事更迭,风雨飘摇中,只有湖中的君山,从古至今,岿然不动。

拓展阅读 | 神剑飞吟

吕洞宾,八仙之一,唐代人,道教全真派祖师。吕洞宾剑术高超,被尊为剑祖剑仙。《唐才子传》记载,吕洞宾曾袖里藏青蛇宝剑,在岳阳楼上醉酒赋诗。诗是这样写的:"朝游南浦暮苍梧,袖里青蛇胆气粗。三入岳阳人不识,朗吟飞过洞庭湖。"

爱国卷

清平乐

李好古

清淮北去,千里扬州路。过却瓜洲杨柳树,烟水重重无数。　柁楼才转前湾,云山万点江南。点点尽堪肠断。行人休望长安。

白话译文

　　从淮河渡口乘船北上扬州,大概有上千里。经过瓜洲时,河两旁杨柳依依,烟雾蒙蒙。我乘坐的船刚刚转过一个河湾,就看见沿途的景物已被笼罩在江南的烟雨中,这一幕真让人伤感不已。我这样一个远行的人,不敢去望已经沦陷的汴京。

拓展阅读 | 长安

　　长安，即今天的陕西西安，历史上的十三朝古都，因此也被文人用作都城的代称。在这首词中，长安指的是北宋已经沦陷的都城汴京（今河南开封）。

菩萨蛮·书江西造口壁

辛弃疾

郁孤台下清江水,中间多少行人泪?西北望长安,可怜无数山。青山遮不住,毕竟江流去。江晚正愁余,山深闻鹧鸪。

白话译文

郁孤台下的清江水,那里浸入了多少离人的眼泪啊。向西北遥望故国都城,可惜被无数山峦遮挡。青山虽能遮住都城,却阻挡不了江水,江水毕竟滚滚东流。江畔的晚景正引起我的悲愁,深山中传来鹧鸪的哀鸣。

拓展阅读 | 郁孤台

郁孤台在江西赣州城西北贺兰山（又名田螺岭）顶，建于唐代，台下有宋代古城墙。郁孤台在山顶，郁然孤峙，因此而得名。辛弃疾曾在赣州任职，留下这首词，郁孤台从此名扬天下。

满江红

岳 飞

怒发冲冠,凭栏处、潇潇雨歇。抬望眼,仰天长啸,壮怀激烈。三十功名尘与土,八千里路云和月。莫等闲,白了少年头,空悲切。　　靖康耻,犹未雪。臣子恨,何时灭?驾长车,踏破贺兰山缺。壮志饥餐胡虏肉,笑谈渴饮匈奴血。待从头、收拾旧山河,朝天阙。

白话译文

凭栏远望,怒发冲冠。雨刚过,抬眼看,仰天长叹,豪情激烈。三十年功名如尘土,几千里转战,云月曾相伴。不要荒废青春,满头白发时,悲切也无用。靖康的耻辱,尚未洗尽;忠臣的愤恨,何时抹平?我愿驾战车,踏破贺兰山。饿食敌人肉,渴饮敌人血。待收复旧日山河,再来拜见至尊的皇上。

拓展阅读 | 爱国将领岳飞

岳飞是南宋抗金名将,身经百战,屡建奇功。曾统率岳家军大破金兵,进军朱仙镇,正准备收复失地。但朝廷执行投降政策,令其退兵。后被秦桧以"莫须有"罪名杀害。

愁思卷

宋词中的愁思总是那么浓,那么深长,那么动人。离别后的孤寂之情、游子的思乡之情、忧国忧民的爱国之情,都被抒写得清新婉约、细腻独特,给人永久的感动。

采桑子

晏 殊

时光只解催人老,不信多情,长恨离亭,泪滴春衫酒易醒。梧桐昨夜西风急,淡月胧明,好梦频惊,何处高楼雁一声?

白话译文

时光只懂得催人老,却不相信世间有多情的人。常常在长亭、短亭的离别后伤感不已,每次酒后都会因思念而泪湿青衫。昨夜,月光惨淡,梧桐树叶在急促的西风中飒飒作响,我的美梦不断被惊醒。不知从何处传来一声雁叫,更增添了不眠人的孤寂和凄凉。

拓展阅读 诗人笔下的时光

  诗人笔下的时光总是无情的,它像流水,一去不回,所以有"百川东到海,何时复西归"的感叹;它像浮云,难以挽留,所以有"羲和驻节"的恳求;它如白驹过隙,也贵如寸金。诗人们总是极尽所能地感慨时间的飞逝,劝说人们要珍惜美好时光。

愁思卷

武陵春·春晚

李清照

风住尘香花已尽,日晚倦梳头。物是人非事事休,欲语泪先流。闻说双溪春尚好,也拟泛轻舟。只恐双溪舴艋舟,载不动许多愁。

白话译文

风雨停歇,花朵落尽,尘土散发出香气。日已升高却无心梳洗打扮。眼前景物依旧,而人事全非,伤心往事难以诉说,只有泪流不止。听人说双溪的春色还不错,也曾打算到那里划船散心。可是我真担心啊,那单薄的小船,怕是载不动我心中沉重的忧愁!

拓展阅读 古人写愁

　　愁绪无形，难以描述。但聪明的古人能让无形的愁变得有形有色有重量。（唐）李白说"抽刀断水水更流，举杯消愁愁更愁"；（宋）欧阳修说"离愁渐远渐无穷，迢迢不断如春水"；（南唐）李煜说"剪不断，理还乱，是离愁"。

声声慢

李清照

寻寻觅觅,冷冷清清,凄凄惨惨戚戚。乍暖还寒时候,最难将息。三杯两盏淡酒,怎敌他、晚来风急?雁过也,正伤心,却是旧时相识。 满地黄花堆积。憔悴损,如今有谁堪摘?守着窗儿,独自怎生得黑!梧桐更兼细雨,到黄昏、点点滴滴。这次第,怎一个愁字了得!

白话译文

空空落落,冷冷清清,日子这样凄惨。乍暖还寒之时最难过。三两杯淡酒怎能抵御晚风寒。伤心之际,有大雁飞过,是我的老相识。菊花开,满庭黄,心疲惫脸憔悴,如今还有谁来将花摘?独坐窗前不知如何到天黑。细雨摧落梧桐叶,到黄昏,雨还点点滴滴。此情此景,一个"愁"字怎能形容?

拓展阅读 | 菊花

　　菊花是古代文人特别钟情的一种花，无数文人在菊花身上倾注了太多的情感，给予它太多的爱。在文人的笔下，菊花是耐寒的，故称它为"寿花""寿客""重阳花"；它也是高洁的，故又称它为"节花""日精"；它更是隐逸的，所以还称它为"隐逸花""东篱花"。

相见欢

李煜

无言独上西楼,月如钩,寂寞梧桐深院锁清秋。剪不断,理还乱,是离愁,别是一般滋味在心头。

白话译文

我独自一人登上西楼,抬头望天,一弯如钩的冷月挂在天边。低头望,只见梧桐树显得那般寂寞,好像清冷的秋天被关在这庭院里。那剪也剪不断、理也理不清,让人心乱如麻的,正是离别之愁,这种滋味无可名状,难以言说。

拓展阅读 | 宽厚仁慈李后主

  李煜为南唐后主,他即位时,南唐已经国运衰微,难以支撑了。李煜是一位宽厚仁慈的国主,他同情民间疾苦,轻徭薄役,减免税收让百姓休养生息,安心劳作。此外,他好生戒杀,重仁慈、宽刑罚。据记载,朝中每有死刑执行,他都会伤心垂泪。

虞美人

李煜

春花秋月何时了？往事知多少。小楼昨夜又东风，故国不堪回首月明中。雕栏玉砌应犹在，只是朱颜改。问君能有几多愁？恰似一江春水向东流。

白话译文

春花何时谢，秋月何时没？还能追忆的往事有多少？昨夜小楼又吹起了东风，皓月当空的夜晚，我承受不了回忆故国的伤痛。精雕细刻的栏杆、玉石砌成的台阶应该还在，只是思念的人儿已衰老。要问我心中还有多少哀愁，就像这不尽的春水滚滚向东流。

拓展阅读 | 后主的绝命词

　　李煜被囚宋廷,被宋太祖封为违命侯。他整日以泪洗面,作词抒发亡国之痛。据记载,宋太祖死后,即位的宋太宗便有赐死李煜之心。宋太宗听说李煜和后妃们聚会,作《虞美人》怀念故国,就派人赐毒药毒死了李煜。这首《虞美人》成了李煜的绝命词。

蝶恋花

晏殊

槛菊愁烟兰泣露。罗幕轻寒,燕子双飞去。明月不谙离恨苦,斜光到晓穿朱户。　　昨夜西风凋碧树。独上高楼,望尽天涯路。欲寄彩笺兼尺素,山长水阔知何处?

白话译文

栏杆边的菊花被烟雾笼罩如在发愁,兰花沾上露珠像是在哭泣。秋风吹着罗幕,带来阵阵凉意;燕子成双成对,向远方飞去。明月不知离别苦,透过窗户照着失眠的我。昨夜西风又使绿树凋零,我独自登上高楼,一直望到路的尽头。多想寄出我的相思之情,可是路途遥远,不知寄往何处。

拓展阅读 | 人生三种境界

　　王国维在《人间词话》中说："古今之成大事业、大学问者，必经过三种之境界：'昨夜西风凋碧树。独上高楼，望尽天涯路'，此第一境也。'衣带渐宽终不悔，为伊消得人憔悴'，此第二境也。'众里寻他千百度，蓦然回首，那人却在，灯火阑珊处'，此第三境也。"

菩萨蛮

晏殊

高梧叶下秋光晚,珍丛化出黄金盏。还似去年时,傍阑三两枝。人情须耐久,花面长依旧。莫学蜜蜂儿,等闲悠扬飞。

白话译文

深秋时节,高高的梧桐树下已是百花凋零。黄金盏菊花还跟去年相似,三两枝依傍着栏杆。人的情感要经得住时间的考验,女子的容貌纵然衰老,在情人眼中,也依然那么可爱。相爱的人情感要专一,不要学蜜蜂,在空中飞来飞去,飘忽不定。

拓展阅读 | 黄金盏

黄金盏本为酒杯名。(宋)王安石《既别羊王二君与同官会饮于城南因成一篇追寄》诗有"临流黄昏席未卷,玉壶倒尽黄金盏"之句。此外,有一种黄色的菊花,因花似金盏,也称黄金盏,据说可醒酒,故也被称为醒酒花。

生查子

晏几道

金鞭美少年,去跃青骢马。牵系玉楼人,绣被春寒夜。

消息未归来,寒食梨花谢。无处说相思,背面秋千下。

白话译文

威武俊美的少年跨上骏马,扬鞭跃马驰骋而去,从此牵走了她的心神。闺楼之上,年轻的妻子时时挂念他,只觉得绣被不暖,春夜更寒。天天等他的消息,可是,寒食节过了,梨花也谢了,依旧不见丈夫的身影。相思之苦向谁诉说?秋千架下她默默伫立,背过脸暗自叹息。

拓展阅读 | 青骢马

　　青骢马是青白杂色的马。南北朝齐朝宰相之子阮郁骑着青骢马在西湖游赏，与西湖名伎苏小小相遇，马受惊，阮郁跌落下马。两人从此相识、相知、相爱。苏小小作诗道："妾乘油壁车，郎骑青骢马。"

生查子

晏几道

长恨涉江遥,移近溪头住。
闲荡木兰舟,误入双鸳浦。
无端轻薄云,暗作廉纤雨。
翠袖不胜寒,欲向荷花语。

白话译文

常常遗憾渡江路程太远,于是搬到靠近溪头的地方居住。闲暇时,我轻荡着木兰船去摘荷花,却不知不觉误入双鸳浦。不料,那片轻薄的云彩暗中化作了毛毛细雨。单薄的衣衫挡不住寒风冷雨,只好向荷花诉说自己的幽恨。

拓展阅读 古诗中的云

  云在古代诗歌中有三个含义：一是游子。如(唐)杜甫《梦李白二首》(其二)："浮云终日行，游子久不至。"二是世俗功名富贵。源于《论语·述而》："子曰：……不义而富且贵，于我如浮云。"三是比喻遮蔽君王的小人或束缚人的牵绊。如(东汉)孔融《临终诗》："谗邪害公正，浮云翳白日。"

137

如梦令

秦观

遥夜沉沉如水,风紧驿亭深闭。梦破鼠窥灯,霜送晓寒侵被。无寐,无寐,门外马嘶人起。

白话译文

长夜漫漫,四周寂静如水,风很大,驿站的门紧闭。从梦中惊醒,老鼠正看着油灯,欲偷食灯油。寒气也侵入了被子,睡不着了。门外传来马的嘶鸣和人的喧哗,那是催我起床赶路了。

拓展阅读 | 秦观梦中题诗

　　秦观非常有才,是"苏门四学士"之一。一天,秦观梦到一位天女拿一幅维摩画像让他写赞。他挥笔题道:"竺仪华梦,瘴面囚首。口虽不言,十分似九。应笑荫覆大千作狮子吼,不如搏取妙喜似陶家手。"他醒来后,就把这段话记录下来。

浣溪沙

苏 轼

山下兰芽短浸溪,松间沙路净无泥,萧萧暮雨子规啼。

谁道人生无再少?门前流水尚能西。休将白发唱黄鸡。

白话译文

山脚下的兰草才抽出嫩芽,被浸泡在溪水之中。松间的沙石小路经过春雨的冲刷,洁净无泥。时值傍晚,松林间的杜鹃鸟在潇潇细雨中鸣啼。谁说人老就不会再回到年少时光呢?你看看,那门前的流水尚能向西奔流呢!所以,不要在老年时感叹时光流逝。

拓展阅读 | 黄鸡催晓

　　(唐)白居易有诗曰:"谁道使君不解歌,听唱黄鸡与白日。黄鸡催晓丑时鸣,白日催年酉前没。"苏轼显然是反用白居易的诗意,意思是说,我们不用像白老先生那样以白发老人的身份唱人生易老的黄鸡曲,门前流水能向西奔流,我也会返老还童的。表现了苏轼旷达乐观的心态。

忆秦娥

贺 铸

三更月,中庭恰照梨花雪。梨花雪,不胜凄断,杜鹃啼血。

王孙何许音尘绝。柔桑陌上吞声别。吞声别,陇头流水,替人呜咽。

白话译文

月光照着庭中的梨花如同冬日的白雪,相思的情怀有说不尽的凄然,就像杜鹃啼血。你为何一去毫无音讯,当时在柔桑夹道的小路上我忍住哭声和你道别。只有那陇山边的流水知道我的心意,发出潺潺流声像是替我哭泣。

拓展阅读 陇头

  陇头，指陇山。陇山位于陕西、宁夏、甘肃的交界地带。西周时陇山以西是西戎控制区，历史上以陇山作为中原与西北少数民族的分区带。所以中原的诗人说到陇山或陇头，常有边塞的意思，常和戍边抗敌联系在一起。

临江仙

晏几道

梦后楼台高锁。酒醒帘幕低垂。去年春恨却来时。落花人独立,微雨燕双飞。　记得小蘋初见,两重心字罗衣。琵琶弦上说相思。当时明月在,曾照彩云归。

白话译文

酒后梦醒,高高的楼台紧锁,帘幕也低低地垂落。去年的春愁又一次袭上心头。落花纷纷我独自伫立,望着细雨中双飞的燕子惆怅。记得第一次见到小蘋,她穿着两重心字领的罗裙。弹起琵琶述说无限相思情意。那晚明月高高挂在天空,照着她像彩云般离去的倩影身姿。

拓展阅读 | 晏几道四大痴

晏几道是著名词人晏殊的儿子,号小山。在词的成就上,他远远超过父亲。好友黄庭坚评价晏几道平生有四大痴绝处:仕宦不顺却不依傍权贵;论文有体不作进士语;家人寒饥,面有孺子色;人百负而不恨,信人终身不疑。

踏莎行

秦 观

雾失楼台,月迷津渡,桃源望断无寻处。可堪孤馆闭春寒,杜鹃声里斜阳暮。　驿寄梅花,鱼传尺素,砌成此恨无重数。郴江幸自绕郴山,为谁流下潇湘去。

白话译文

重重浓雾笼罩楼台,朦胧的月光模糊了江边的渡口,望断天涯也看不到我苦苦寻找的世外桃源。客馆里春寒难当,寂寞难耐,只听到杜鹃在斜阳中鸣叫。寄到驿馆的书信,在我的心头堆砌成无数的离恨。郴江啊,你本应和郴山相依傍,是为了谁背井离乡远远地流到湘江?

拓展阅读 古代书信的称谓

在这首词中,梅花、尺素都是书信的代称。梅花代称书信源于南朝宋人陆凯的《赠范晔诗》:"折梅逢驿使,寄与陇头人。江南无所有,聊赠一枝春。"尺素代指书信,是因为古人常把信写在尺方的白绢上,然后装在木制或竹制的鱼形信函中。此外,书信还有尺牍、鸿雁、雁足等名称。

醉花阴

李清照

薄雾浓云愁永昼,瑞脑消金兽。佳节又重阳,玉枕纱厨,半夜凉初透。　东篱把酒黄昏后,有暗香盈袖。莫道不消魂,帘卷西风,人比黄花瘦。

白话译文

薄雾浓云笼罩着漫长的一天,香炉中的香料就要烧尽。恰逢重阳佳节,我独自卧在帏帐中,半夜已经冰冷透彻。想到黄昏时我也曾在东篱下把酒赏菊,也有菊花的幽香飘满我的衣袖。可谁又说这样的情景不消魂呢?西风吹动帘幕,思念让我比菊花还要消瘦。

拓展阅读 | 东篱

　　东晋诗人陶渊明有"采菊东篱下,悠然见南山"的诗句,因此后代诗词便以"东篱"作为种菊、赏菊之所,也常代称陶渊明或隐者。重阳节赏菊花,饮菊花酒,是古代文人的高雅活动,这种高雅活动的理想场所多以"东篱"代称。而"东篱菊""东篱酒"更是这种活动不可或缺的主角。

鹊桥仙

秦观

纤云弄巧,飞星传恨,银汉迢迢暗度。金风玉露一相逢,便胜却人间无数。柔情似水,佳期如梦,忍顾鹊桥归路。两情若是久长时,又岂在朝朝暮暮。

白话译文

淡淡的轻云变换出各种巧妙的形态,飞闪的流星传递着离愁别恨。银河漫漫,今天牛郎和织女可以幸福相会。在白露时节的一次相逢,感人的场面胜过了人间无数次的聚首。柔情绵绵如水、幸福时光像梦一样短暂。不忍回望鹊桥归路。只要两情不变、长久相爱,又何须每天厮守在一起?

拓展阅读 | 七夕

　　七夕在农历七月初七，也被称为中国的情人节。传说仙女织女下凡和牛郎成亲，生有一双儿女。后织女被王母娘娘逼回天庭，牛郎追赶，可王母娘娘用玉簪划一道天河（银河），从此夫妻隔岸相望，只在农历七月初七，才可允许鹊鸟搭桥，一家相会。

怀人卷

"衣带渐宽终不悔,为伊消得人憔悴""不见去年人,泪湿春衫袖"。宋词中这些怀人词句很能拨动读者的心弦,即便在通信发达、交通快捷的今天,这些词依然能让我们神往古人纯美的情感世界。

生查子

欧阳修

去年元夜时,花市灯如昼。

月上柳梢头,人约黄昏后。

今年元夜时,月与灯依旧。

不见去年人,泪满春衫袖。

白话译文

去年元宵夜,花市上灯光明亮如同白昼。在月上柳梢的黄昏后,与佳人相约。今年元宵夜,月光与灯光明亮依旧。却不见去年的佳人,相思的泪水打湿了春衫的衣袖。

拓展阅读 | 中国古代的情人节

在古代，元宵节其实才是中国人的情人节。年轻男女在这个时候结伴游玩，寻觅意中人。辛弃疾的名篇《青玉案·元夕》写的就是元宵。宋代周密的《武林旧事》记载元宵灯市说："都民士女，罗绮如云，盖无夕不然也。"

思远人

晏几道

红叶黄花秋意晚,千里念行客。飞云过尽,归鸿无信,何处寄书得? 泪弹不尽临窗滴,就砚旋研墨。渐写到别来,此情深处,红笺为无色。

白话译文

　　枫叶红了,菊花黄了,暮秋寒意浓,思念千里远行人。飘飞的浮云已然过尽,南归的大雁杳无音信,我的书信要寄向哪里?泪水弹洒不尽,任它临窗滴落,就着砚石研成泪墨。点点写尽离情别绪,情深意浓处,泪水将红色彩笺的颜色都染褪了。

拓展阅读 | 红笺

　　红笺为彩笺的一种。唐代才女薛涛以成都浣花潭水造十色彩笺,一色一样,用来题诗写信,很受文人喜欢。后来"红笺""彩笺"就成了书信,尤其是传递青年男女情感书信的代称。(宋)晏殊有"红笺小字,说尽平生意。鸿雁在云鱼在水,惆怅此情难寄"的词句。

如梦令

曹组

门外绿阴千顷,两两黄鹂相应。睡起不胜情,行到碧梧金井。人静,人静,风动一庭花影。

白话译文

门外大片绿荫,树上黄鹂两两相唱和。睡醒感觉很无聊,不胜寂寞,独自来到梧桐下的井栏旁。静悄悄的,静悄悄的。突然一阵风吹,满庭院的花影在风中摇曳。

拓展阅读 | 碧梧金井

　　金井指井栏有华丽雕饰的井，多指富贵豪华庭院的井。"碧梧金井"就是在井边栽植梧桐。在我国古代文学作品中，经常出现"井上梧桐"这样的意象，那是因为古人认为井中有龙神，梧桐树又可以招来凤凰，龙凤呈祥，表达了人们对美好爱情的向往。

少年游·草

高观国

春风吹碧，春云映绿，晓梦入芳裀。软衬飞花，远连流水，一望隔香尘。萋萋多少江南恨，翻忆翠罗裙。冷落闲门，凄迷古道，烟雨正愁人。

白话译文

白云悠悠，风吹草碧，早晨我沉浸在青春的梦境里。落花缤纷，溪水淙淙，一直流向远方。放眼望，她美丽的踪影被无边的芳草阻隔，不免无限惆怅。多少离愁别恨如绵延不绝的芳草，芳草更让我想起她的"翠罗裙"。如今我在空荡荡的庭院中遥望古道，茫茫烟雨更加深了我的忧愁。

拓展阅读 | 香尘

　　香尘，本意为芳香之尘，指女子行路带起的灰尘，进而用来指女子的步履、身影。最初来自三国时曹植的《洛神赋》："凌波微步，罗袜生尘。"

唐多令

吴文英

何处合成愁？离人心上秋。纵芭蕉，不雨也飕飕。都道晚凉天气好，有明月，怕登楼。

年事梦中休，花空烟水流。燕辞归，客尚淹留。垂柳不萦裙带住，漫长是，系行舟。

白话译文

这"愁"是在哪里合成的？是在离人的心上，由秋寒和相思组成。你听，即使无雨，芭蕉也会发出凄然的声音。都说秋来天气好，明月当空，我却不敢登高楼。往事如梦万事休，花落尽，茫茫江水不停地流。燕子早已飞向南方，我依旧滞留他乡。长长的垂柳不能牵住她的"裙带"，却系住了我的"行舟"。

拓展阅读 | 离合诗

　　离合诗就是通过字的拆、合，形成诗句。这首词虽然只涉及一个字的拆合，却非常恰当巧妙。一个"愁"字，由"心"上"秋"组成，悲秋和离别，一旦碰到一起，便会生出无限的愁。这种类于字谜一样的词句，有着一语双关的作用。

长相思

刘克庄

朝有时,暮有时,潮水犹知日两回。人生长别离。

来有时,去有时,燕子犹知社后归。君行无定期。

白话译文

太阳的升与落都有规律,潮水每日两回潮涨潮落。人生一别却相见无期。燕子春回有定期,秋去也有定期,它们知道春社归秋社去。我思念的人啊,只有你离开后不知归期。

拓展阅读 | 燕子来时新社

燕子是候鸟，因为色黑，故在古代典籍中又被称为"玄鸟"。古人认为燕子恋旧巢，头一年在谁家筑巢，第二年春天还会回到"老家"。在我国古代诗词中，燕子成为美好爱情、兴旺吉祥、不忘故乡的象征。如"燕子来时新社，梨花落后清明"。

蝶恋花

柳 永

伫倚危楼风细细,望极春愁,黯黯生天际。草色烟光残照里,无言谁会凭阑意? 拟把疏狂图一醉,对酒当歌,强乐还无味。衣带渐宽终不悔,为伊消得人憔悴。

白话译文

我伫立在高楼上,细细的春风迎面吹来,极目远望,心中生出不尽的忧思。夕阳斜照,草色蒙蒙,谁能理解我此时的心情呢?本想尽情放纵自己喝个一醉方休。可是对酒当歌,才感到勉强求乐反而毫无兴味。思念让我消瘦,思念让我憔悴,可为了你我丝毫没懊悔。

拓展阅读 | 衣带宽

衣带宽,也作"衣带缓",指因过度思念伤别而变得消瘦。古诗文中以此抒发伤别思念之情。(南朝梁)萧纲《赋得当垆》:"欲知心恨急,翻令衣带宽。"《古诗十九首》:"相去日已远,衣带日已缓。浮云蔽白日,游子不顾返。"

怀人卷

水调歌头

苏 轼

丙辰中秋,欢饮达旦,大醉。作此篇,兼怀子由。

明月几时有,把酒问青天。不知天上宫阙,今夕是何年。我欲乘风归去,又恐琼楼玉宇,高处不胜寒。起舞弄清影,何似在人间。 转朱阁,低绮户,照无眠。不应有恨,何事长向别时圆。人有悲欢离合,月有阴晴圆缺,此事古难全。但愿人长久,千里共婵娟。

白话译文

　　手端酒杯问青天,天上什么时候有了明月?天上宫殿,今晚是哪年?本想乘风去那里,又怕月宫太高太清寒。跳起舞和自己的孤影娱乐,归返月宫怎比得上在人间。月光转过朱红色楼阁,照拂绮丽的雕花窗,我一夜无眠。月亮不该有遗憾,可为什么人别离你才圆?人世悲欢离合,月亮阴晴圆缺,自古如此难两全。但求人的情谊长久,千万里同对明月来祝愿。

拓展阅读 "二苏"兄弟情深

　　词序中的子由,是苏轼的弟弟苏辙,小苏轼三岁。兄弟俩一起读书,一起科考,同朝为官。他们政见相同,诗文互赏,患难相扶,聚则风雨对床,离则千里相思。兄弟二人经常以诗互致问候、互传亲情。这首词就是其中的代表。

抒情卷

"词之为体，要眇宜修，能言诗之所不能言，而不能尽言诗之所能言。"词的抒情优势在于能抒发诗所不能抒写的细腻之情，深婉之意，尤其能抒发那种难以言说的复杂心绪。和诗歌相比，词所抒发的情感有更多哀怨，更多忧伤。

蝶恋花

欧阳修

庭院深深深几许?杨柳堆烟,帘幕无重数。玉勒雕鞍游冶处,楼高不见章台路。 雨横风狂三月暮。门掩黄昏,无计留春住。泪眼问花花不语,乱红飞过秋千去。

白话译文

　　庭院幽深,能有多深?柳树被烟雾笼罩,重重珠帘翠幕,无法计数。登上高楼,却望不见薄情郎游玩时乘坐的骏马,也望不见他常去的章台路。暮春三月,时近黄昏,风狂雨急,只得掩门独守空房,却无法将春光留住。泪眼蒙眬地问残花,残花却无语。一阵风雨袭来,片片花瓣飘过秋千而去。

拓展阅读 古今绝构

　　该词的作者颇有争议,不少人认为应该是冯延巳。全篇堪称古今绝构,起句三个叠字很是神妙,仿效者非常多,包括李清照的"庭院深深深几许?云窗雾阁常扃"。

卜算子

李之仪

我住长江头,君住长江尾。

日日思君不见君,共饮长江水。

此水几时休,此恨何时已。

只愿君心似我心,定不负相思意。

白话译文

我住在长江的上游,你住在长江的下游。我们虽然共饮长江的水,我天天思念你,却见不着你。这条江水何时枯竭,这遗憾的心情何时才能结束。只愿你的心也和我一样坚定,一定不要辜负我的相思情意。

拓展阅读 | 爱也因江，恨也因江

　　词中女子对长江的感情是多么复杂啊。和思念的人共饮长江水，两颗心因长江而紧紧相连；日日思念却不能相见，两人又因长江而痛苦。我的思念情如绵绵江水永不停止，那么你的呢？这首词最大的特点就是抒情语言质朴，类于民歌。

捣练子·杵声齐

贺铸

砧面莹，杵声齐。捣就征衣泪墨题。寄到玉关应万里，戍人犹在玉关西。

白话译文

捣衣石被磨得光洁平滑，捣衣的木棒声声节奏齐。捣好的征衣寄给边关的丈夫，用眼泪和墨写上他的姓名。衣服寄到玉门关，就已经是万里之外，可是戍守边关的人还在玉门关的西边。

拓展阅读 | 玉门关

　　玉门关遗址在今甘肃敦煌西九十公里处,始建于汉武帝时期,是汉代重要的军事基地和通往西域的重要关口。和平时期,贩卖玉石和丝绸的商队往来于此,故称玉门关。玉门关是古代诗歌经常出现的意象,很多时候并不实指玉门关,而只是遥远边塞的代名词。

采桑子

吕本中

恨君不似江楼月,南北东西。南北东西,只有相随无别离。恨君却似江楼月,暂满还亏。暂满还亏,待得团圆是几时?

白话译文

一轮明月高挂江楼,可恨的是,你不像这江楼上的明月,无论我从南到北,从东到西,它都形影相随,从不分离。一轮明月高挂江楼,可恨的是,你太像这江楼上的明月,圆了又缺,缺了又圆,圆时少缺时多,等到何时才能团圆?

拓展阅读　无理而妙

　　这首词抒情看似无理，却无理而妙。这种无理而怨的抒情方式在古代诗词中很常见。如"早知潮有信，嫁与弄潮儿""明月不谙离恨苦，斜光到晓穿朱户"等，这种看似不合常理的怨，恰恰表达了抒情主人公的思念之苦，离愁之重，达到了一般抒情方法所达不到的效果。

抒情卷

一剪梅

李清照

红藕香残玉簟秋。轻解罗裳，独上兰舟。云中谁寄锦书来？雁字回时，月满西楼。

花自飘零水自流。一种相思，两处闲愁。此情无计可消除，才下眉头，却上心头。

白话译文

红荷已残，香已消，冷滑如玉的竹席透出深深的秋凉，换下薄纱罗裙，独自泛一叶兰舟。仰头凝望天空，那白云舒卷处，谁会将锦书寄来？只见雁群列队而过，满月挂西楼。飘零的花朵随水漂流，一样的思念已化作两地的烦愁。这种愁无计可除，刚刚下了眉头，又涌上了心头。

拓展阅读 | 雁字

　　雁字,指成列而飞的大雁。大雁南北迁徙时,为了不使某只掉队,往往由头雁率领,众雁或成"人"字,或成"一"字列队而飞,故古人称雁队为"雁字"。雁字在古诗词中出现,往往和悲秋、思念有关。

抒情卷

忆王孙·春词

李重元

萋萋芳草忆王孙,柳外楼高空断魂。杜宇声声不忍闻。欲黄昏,雨打梨花深闭门。

白话译文

春草茂盛,我却思念远方的游人,杨柳依依,而我登上高楼,伤心断魂。杜鹃的啼叫声凄切,不忍听闻。就要到黄昏了,关上重重院门,听窗外雨打梨花犹如击打我的心。

拓展阅读 | 王孙

　　"王孙"在古诗词中有"贵族子孙""青年男子""隐士""朋友"等意思。典故出自《楚辞·招隐士》:"王孙兮归来,山中兮不可以久留。"《招隐士》的主题是唤隐士回归社会。这首词中的"王孙"则指主人公思念的青年男子。

捣练子·夜捣衣

贺 铸

收锦字，下鸳机，净拂床砧夜捣衣。马上少年今健否？过瓜时见雁南归。

白话译文

收起织有回文诗的锦，走下织布机，擦净捣衣石，连夜为在边塞服役的丈夫捣冬衣。不知驻军守边的丈夫是否还康健？服兵役期已满，大雁开始南飞了，为什么不见他归来？

拓展阅读 | 瓜时

　　瓜时，就是瓜熟之时。春秋时候，齐襄公派将军率兵守卫边关，当时正值瓜熟，他就许诺说明年瓜熟之时派人去替换他们。但是一年期满，齐襄公并没有派人把他们换回。后世以"瓜时"代称服兵役期满。

捣练子·望书归

贺铸

边堠远,置邮稀,附与征衣衬铁衣。连夜不妨频梦见,过年惟望得书归。

白话译文

边关远在千里之外,官家的驿车又很少,今天难得见到驿使,除寄信之外,还附寄上自己赶制的征衣,希望他穿在铁甲里面可保暖。唉,每夜频频与他梦中相见,醒来后唯望来年收到他的家书。

拓展阅读 | 置邮

　　置邮，古时候传递文书信件的车马、驿站。古时交通不发达，多以马车来传递书信和文书，每天行程有限，故在官路上设置驿站，一是为了收集信件，二是为了让车马休息。无论是传递信件的车马，还是驿站，统称为"置邮"。

抒情卷

忆仙姿

贺 铸

江上潮回风细,红袖倚楼凝睇。天际认归舟,但见平林如荠。迢递,迢递,人更远于天际。

白话译文

　　江上潮起潮落,微风轻轻吹过,多情少女倚栏远望。远处漂来一只小船,仔细辨认是不是他归来的那一只。它渐渐远去,消失在如荠菜密密的丛林中。远去了,远去了,我心爱的人还在更远方。

拓展阅读 | 人不可貌相

　　贺铸是南宋词人,以写唯美的婉约词著称。他长相奇丑,面色黑青,眉毛直竖,类于钟馗。但人不可貌相,铁骨里包着似水的柔情。

苏幕遮

范仲淹

碧云天,黄叶地,秋色连波,波上寒烟翠。山映斜阳天接水,芳草无情,更在斜阳外。黯乡魂,追旅思,夜夜除非,好梦留人睡。明月楼高休独倚,酒入愁肠,化作相思泪。

白话译文

碧蓝的天空,黄叶铺地。秋水泛着秋波,秋波弥漫翠色的寒烟。远山映斜阳,蓝天连着江水。无情的芳草,绵延到斜阳外。黯然销魂的思乡情,伴随羁旅的愁思。除非好梦,每夜让我放下忧愁安然入睡。月明的夜晚千万不要独自登上高楼。而浊酒入愁肠,更会化作滴滴相思的泪。

拓展阅读 "先忧后乐"范仲淹

范仲淹幼年丧父,随母亲改嫁朱姓。朱家虽是大户人家,但范仲淹不愿过富贵生活。他在老家的一处破寺庙里苦读。坚持三年之久,终于及第。他在著名的《岳阳楼记》中提出了"先天下之忧而忧,后天下之乐而乐"的思想,成为历代读书人的人生理想。

抒情卷

雨霖铃

柳 永

寒蝉凄切,对长亭晚,骤雨初歇。都门帐饮无绪,留恋处、兰舟催发。执手相看泪眼,竟无语凝噎。念去去,千里烟波,暮霭沉沉楚天阔。多情自古伤离别,更那堪、冷落清秋节。今宵酒醒何处,杨柳岸、晓风残月。此去经年,应是良辰好景虚设。便纵有千种风情,更与何人说。

白话译文

寒蝉凄切地鸣叫,傍晚的长亭,刚下过一场急雨。都门外送别的酒宴上我毫无兴致,留恋之时,船家催促出发。两手相握,泪眼相对,千言万语说不出。想这一去,烟波浩渺,暮云笼罩你将去的南国。自古离别最伤情,更何况在这凄冷的清秋时节。今晚酒醒时你该身在何处?应是杨柳岸边,独自对着晨风,望天上的一轮残月。想这一去,该是多年不见,即便有千万种风情,又与谁来倾诉?

拓展阅读 | 奉旨填词柳三变

柳永，初名三变。他自恃才高，落榜后写了首词发牢骚，说从此再也不想当官了，后来他忘了自己说过的话，又去参加科举考试。皇上阅卷时说，这就是那个只想填词不想做官的柳三变？你填词去好了！又没有录取他。柳永于是就称自己是"奉旨填词柳三变"。

闲趣卷

醉里吴音、无赖小儿,乡村野趣、田园生活在宋代词人笔下仿佛可重新回归的心灵故乡,是任何事物都不能带来的快乐和安宁。这类闲趣词,可让快节奏、重压力下的我们重拾简单生活的快乐。

破阵子

晏 殊

燕子来时新社,梨花落后清明。池上碧苔三四点,叶底黄鹂一两声,日长飞絮轻。　　巧笑东邻女伴,采桑径里逢迎。疑怪昨宵春梦好,原是今朝斗草赢,笑从双脸生。

白话译文

　　燕子飞来正赶上春社祭日,梨花落后就是清明。几片碧苔点缀着池中清水,树叶下的黄鹂歌声婉转,柳絮轻飞。在采桑的路上邂逅邻家女伴,她的笑是那样美好。正疑惑她昨晚是不是做了个美梦,原来是今天斗草获得了胜利,脸上不由得浮现出得意的笑。

拓展阅读 | 斗草

　　斗草，是古代妇女的一种游戏，也叫"斗百草"。斗草分文斗和武斗。文斗就是采来各种草，用韵文形式来报草名，谁采的草多，报的名正确，文采又好，谁就赢。武斗是双方以有韧性的草相互交叉，然后用力拉扯，看谁的草先断，以不断者为胜。

浣溪沙

苏 轼

旋抹红妆看使君,三三五五棘篱门。相排踏破茜罗裙。老幼扶携收麦社,乌鸢翔舞赛神村。道逢醉叟卧黄昏。

白话译文

村里姑娘们急急忙忙梳洗打扮一下,三五成群,在柴门口你推我挤,争着探看州郡长官,连红罗裙都踏破了。人们扶老携幼,来到土地祠酬神,祭品很丰盛,引来了乌鸦、老鹰在空中盘旋着不愿离去。黄昏时分,狂欢了一天的人们,归来途中遇到了一个醉倒的老翁。

拓展阅读 | 苏轼祈雨

　　词中的使君,指的就是徐州太守苏轼。当时徐州春旱严重,乃至"久旱千里赤"。当地有祈雨的风俗,作为太守的苏轼并不真的相信祈雨能有效,但为了尊重当地风俗,顺应民意,苏轼便带领官员百姓到石潭向龙王求雨,他还写了一篇《徐州祈雨青词》。

闲趣卷

点绛唇 (diǎn jiàng chún)

李清照

蹴罢秋千，起来慵整纤纤手。露浓花瘦，薄汗轻衣透。见有人来，袜刬金钗溜，和羞走，倚门回首，却把青梅嗅。

白话译文

　　姑娘荡完秋千，慵倦地起来舒展一下纤巧的双手。瘦瘦的花枝上挂着晶莹的露珠，香汗透出薄纱衫。看见有客人来，慌乱中她忘记穿鞋就跑，头发松散，金钗坠地。到门口，她又回头假装嗅青梅，倚着门儿把来人偷打量。

拓展阅读　李清照的少女情怀

　　李清照是我国古代的才女，提起她，人们以为她天生就只会以泪洗面。其实不然，李清照在丈夫赵明诚去世前，是个天真乐观、有着少女情怀的幸福女人。北宋南迁，赵明诚又不幸病逝，李清照才有了后来的悲惨人生和凄惨词句。

如梦令

李清照

常记溪亭日暮,沉醉不知归路。兴尽晚回舟,误入藕花深处。争渡,争渡,惊起一滩鸥鹭。

白话译文

还记得那个在溪边亭中游玩的傍晚,我们忘情地玩,忘记了回家的路。尽兴以后趁着夜色掉转船头,却不料误划进了荷花深处。奋力划啊,奋力划,惊起了栖息在河滩上的一群鸥鹭。

拓展阅读 | 争渡

  多数人认为"争渡"是努力划船,奋力渡过之意,但也有人认为"争"有"怎"的意思,"争渡"也就是"怎渡",即如何渡的意思。从整首词来看,奋力划船的动作与整个画面更和谐,如果不是奋力划船,而是互相问怎么渡,不至于"惊起一滩鸥鹭"。

清平乐·村居

辛弃疾

茅檐低小，溪上青青草。醉里吴音相媚好，白发谁家翁媪？大儿锄豆溪东，中儿正织鸡笼。最喜小儿无赖，溪头卧剥莲蓬。

白话译文

茅草房又低又矮，小溪边草色青青，一对白发苍苍的老公公、老婆婆喝醉了，在用绵软好听的吴语说着话，这是谁家的老人呢？大儿子在小溪东面的豆地里辛勤地锄草，二儿子正在编织鸡笼，最喜爱的小儿子是个调皮鬼，正卧在溪边草丛，剥着莲蓬。

拓展阅读 白描见情趣

在写作上,白描指的是不用任何修辞手段,只用简练的文字来描写形象。一座茅草房,有溪水流过,有青草点缀,有田地,有家禽,有荷塘。一家五口,老夫妻对饮逗趣,孩子们或劳作,或玩耍。没有浓厚夸张之辞,纯以白描写出,乡村生活的情趣呼之欲出。

西江月·夜行黄沙道中

辛弃疾

明月别枝惊鹊,清风半夜鸣蝉。稻花香里说丰年,听取蛙声一片。　七八个星天外,两三点雨山前。旧时茅店社林边,路转溪桥忽见。

白话译文

　　明月升起来离开枝头,惊起了栖息的喜鹊。半夜里凉风清爽宜人,有蝉唱着小夜曲。稻花香中传来蛙鸣声,像在传递着丰年的消息。天边有几颗星在闪烁,山前落下几点雨。曾经到访过的茅屋还在社林边,转过山路,溪水上那座小桥蓦然出现在眼前。

拓展阅读 社林

　　我国古代有春社和秋社，春社在农历二月初二，祭祀土地神，祈求一年的好收成；秋社在农历七月十五前后，也是祭祀土地神，向土地神报告丰收的喜讯。无论春社还是秋社，祭祀活动均在土地庙进行，土地庙旁一般有树林，就是词中所说的社林。

愁倚阑

程垓

春犹浅，柳初芽，杏初花。杨柳杏花交影处，有人家。 玉窗明暖烘霞。小屏上、水远山斜。昨夜酒多春睡重，莫惊他。

白话译文

春天刚刚到来，杨柳刚发芽，杏树开出了第一朵花。绿柳红杏掩映下，有一户人家。暖融融的红霞照在明亮的窗上。小巧的屏风上，画的是流向远处的江水和峻峭的山。主人昨夜欢饮，喝多了酒，春睡正酣，不要惊动了他。

拓展阅读 | 玉窗

　　玉窗,本意多指皇宫殿里的窗。如(南朝)梁简文帝《伤美人》:"何时玉窗里,夜夜更缝衣。"(唐)王维《班婕妤》:"玉窗萤影度,金殿人声绝。"但后来也多用作一般窗的美称。如(唐)李白《久别离》:"别来几春未还家,玉窗五见樱桃花。"

如梦令

吴 潜

枝上蝶纷蜂闹,几树杏花残了。幽鸟亦多情,片片衔归芳草。休扫,休扫,管甚落英还好。

白话译文

　　树枝上蝴蝶纷飞,蜜蜂在嬉闹,几棵杏树上的花儿凋谢了,这多可惜啊!连小鸟也变得如此多情,把这一片片落花衔回到芳草上。我见家人要来清扫落花,连忙叫道:不要扫,不要扫,还是不要管这些落花为好。

拓展阅读 画锦坊

在吴潜的家乡今安徽宁国玉堂巷口有个"画锦坊"。吴潜的哥哥南宋状元吴渊官至副宰相，年老时后母病重，他毅然辞官，回到家乡侍奉汤药。后母离世后，他守孝三年，孝满后就在家吟诗作画，逝后葬于休宁故园。人们感其节孝，特立"画锦坊"以示纪念。

杂咏卷

万物有情,光阴留影。因为有发现美的眼睛,有善感的心灵,平淡的生活才变得诗意盎然、情文郁郁。这些充满灵气的词作,让我们了解古人的生活场景,感受到古人的生活情趣。

浣溪沙

苏 轼

簌簌衣巾落枣花,村南村北响缲车。牛衣古柳卖黄瓜。酒困路长惟欲睡,日高人渴漫思茶。敲门试问野人家。

白话译文

衣巾在风中簌簌作响,枣花随风飘落。村南村北响起车缲丝的声音。古柳树下,有一个穿布衣的老农在叫卖黄瓜。路途遥远,我醉意上来,昏昏沉沉有些困;艳阳高照,天热口渴想喝茶。敲开山村人家的院门,问他可否给我解渴的茶。

拓展阅读 | 黄瓜

　　黄瓜本叫胡瓜。西汉时,张骞出使西域,把黄瓜带入了中原,所以叫胡瓜。十六国的时候,石勒忌讳"胡"字,于是改成了黄瓜。苏轼病中游览杭州虎跑寺,有诗写道:"紫李黄瓜村路香,乌纱白葛道衣凉。"

苍梧谣

蔡 伸

天！休使圆蟾照客眠。人何在？桂影自婵娟。

白话译文

天啊，不要让这一轮圆月照得我这离家的人无法安眠。面对满月，孤身一人，心中的那个她在哪儿呢？月宫里，只有桂树的影子斑斑驳驳，无人赏看。

拓展阅读　十六字令

　　这首词的词牌又叫《十六字令》《归字谣》，全词只有十六个字，不但是词中字数最少的词牌，且开篇一字成句。比较适合表现恢宏的气势、开阔的境界。

杂咏卷

点绛唇

谢 逸

九日登高，倚楼人在秋空半。汝江如练，碧影涵云巘。醉看茱萸，定是明年健。清尊满，菊花黄浅，偏入陶潜眼。

白话译文

重阳节登上高楼，人仿佛悬在半空中。静静的汝江犹如一条长长的白练，白云和山峦倒映在水中。醉眼蒙眬地看着茱萸，期盼来年身体康健。清醇的美酒斟满杯，就着菊花慢慢品尝，这淡黄的菊花啊，你怎么就偏偏让大诗人陶潜喜欢。

拓展阅读 | 谢蝴蝶

　　谢逸是北宋诗人,字无逸,参加了几次科举考试,都没中,后来就放弃了仕途,终身隐居,以诗文自娱。谢逸特别喜欢蝴蝶,作咏蝴蝶诗三百多首,其中有很多佳句,被人称为"谢蝴蝶"。

昭君怨·咏荷上雨

杨万里

午梦扁舟花底,香满西湖烟水。急雨打篷声,梦初惊。 却是池荷跳雨,散了真珠还聚。聚作水银窝,泻清波。

白话译文

午睡梦见自己驾一叶扁舟,泛游于西湖的荷花丛中,看到的是满湖烟波,闻到的是阵阵幽香。忽然,一阵急雨袭来,敲打船篷,午梦被雨声惊醒。醒来一看,原来急雨正在敲打池中的荷叶,荷叶上雨珠迸跳不止,不断向叶心汇聚。当叶面承受不住之时,积水便如一股清泉泻入池中,与池水融为一体。

拓展阅读 | 杨万里的词

　　杨万里的词清新自然，朴质可爱。他的一首《好事近·七月十三日夜登万花川谷望月作》也是如此："月未到诚斋，先到万花川谷。不是诚斋无月，隔一林修竹。如今才是十三夜，月色已如玉。未是秋光奇绝，看十五十六。"

浪淘沙·题酒家壁

周文璞

还了酒家钱,便好安眠。大槐宫里着貂蝉。行到江南知是梦,雪压渔船。　　盘礴古梅边,也信前缘。鹅黄雪白又醒然。一事最奇君记取:明日新年。

白话译文

喝够了酒,还了店家酒钱,不再欠账,才好安心睡觉。迷迷糊糊来到大槐宫,做了太守,享尽荣华富贵,船到江南醒来,才知道是一场南柯梦。做梦时,渔船上早已落满白雪。醒来后,我在古梅树边箕踞而坐,相信这也是前世的缘。嫩黄的柳枝与白雪相映,分外醒目。还有一件事最难得一遇,请你牢牢记住:过了今天,明天就是新年了。

拓展阅读 | 借酒浇愁

南宋末期,山河破碎,词人也漂泊不定,穷愁潦倒。这时候,词人只好借酒浇愁,赊酒买醉。他的一首诗写道:"自知痴得计,常用醉为醒。"

图书在版编目（CIP）数据

宋词少年版 / 东方童著. —广州：广东人民出版社，2024.4
ISBN 978-7-218-16697-1

Ⅰ.①宋…　Ⅱ.①东…　Ⅲ.①宋词—少儿读物　Ⅳ.①I222.844

中国国家版本馆CIP数据核字（2023）第111653号

SONGCI SHAONIAN BAN
宋词少年版

东方童　著　　　　　　　　版权所有　翻印必究

出 版 人：肖风华

责任编辑：寇　毅
责任技编：吴彦斌　马　健

出版发行：	广东人民出版社
地　　址：	广州市越秀区大沙头四马路10号（邮政编码：510199）
电　　话：	（020）85716809（总编室）
传　　真：	（020）83289585
网　　址：	http://www.gdpph.com
印　　刷：	北京中科印刷有限公司
开　　本：	787毫米 × 1092毫米　1/32
印　　张：	7.5　　字　数：75千
版　　次：	2024年4月第1版
印　　次：	2024年4月第1次印刷
定　　价：	36.00元

如发现印装质量问题，影响阅读，请与出版社（020-87712513）联系调换。
售书热线：（020）87717307

出 品 人：许　永
责任编辑：寇　毅
特邀编辑：黎福安
封面设计：海　云
内文制作：万　雪
印制总监：蒋　波
发行总监：田峰峥

发　　行：北京创美汇品图书有限公司
发行热线：010-59799930
投稿信箱：cmsdbj@163.com